새들은 언제 깃털을 터나

김도우 시집

시인의 말

태어난 김에

좀 더 사랑하다 죽었으면

좀 더 잘 익었으면

무엇이 남겨질지 모르는 이 길을

나답게 걸어갈 뿐이다

2024년

김도우

차 례

제2부

제3부

제4부

제1부

재갈

입술이 각얼음처럼 만져진다
조금씩 땜질했던 말들이 와르르 쏟아진다

총성이 난무하는 하마스 사태가
혀끝을 치고 비장에서 식도까지 바퀴처럼 매달린다

통증은 입을 닫고 있을 때와 열렸을 때가 달라
풍선처럼 쉽게 터지기도 하고 녹아내리기도 한다

척추에서 삐걱거리며 심해처럼 깊어지는 입속
썩은 냄새 나는 비사가 귀밑에서 자란다

가장자리를 걷고 있던 죽은 사람들이 쓰러지고
부식한 그들의 말이 혓바닥을 내밀고 있다

오작동된 채널을 돌리면 한쪽이 뭉개지고
잠이 들면 다른 세계가 깨어난다

전동드릴이 위턱과 아래턱을 뚫어
비밀을 내통케 한 삭아버린 뿌리들
살아남은 사람들은 허언증을 구가한다

서사의 잔해들이 캄캄한 입속에
폐가의 주춧돌처럼 나뒹군다

사라지는 그림

자정의 텅 빈 길을 달빛이 밟고 갑니다

우리는 아무 곳에서나 각혈처럼 쏟아졌고
사각거리는 발자국 소리는 그림자처럼 부서져
낮과 밤 어디에도 닿지 않았습니다

하얀 바탕에는 검은 궤적이 그려지고
비릿한 꽃 무리가 떠오릅니다

시간이 얼마나 흘렀을까요

어둠 속의 그림은 보이지 않습니다
달빛도 나비도 그림이 아니어서
빨갛거나 파란 색깔로 날아오르지 않습니다

눈을 오래 감고 잠을 청합니다
하늘은 녹은 치즈처럼 달빛에 엉겨 붙고
계단은 거꾸로 매달려 있습니다

화폭을 벗어나면 펼쳐진 군청색 하늘
샴페인을 따르는 사람들이 있습니다

자정에 잠들지 못하는 사람들이 창가에 모입니다
지금 방안에서 희고 검은 긴 사선의 끝을 밟고
달빛이 굴러다니는 그림의 일부가 되어 있습니다

장작이 불에 탈 때 고양이는 부뚜막에서
동그랗게 몸을 말고 젖은 나뭇가지처럼 길게 뻗습니다
고양이는 몸을 한 바퀴 더 굴려 창문에 기댑니다

고양이와 나는 낮과 밤 어디에도 닿을 수 없는 발소리를
듣습니다

날이 밝으면 사라지는 그림입니다

고백하지 못한 문장

창문과 벽이 안개를 끌어당기자
많은 말들이 터져 나왔다

꿈꾸는 사람들의 눈빛을 닮은 하늘
억만년을 지켜보았지만 달라진 것은 없다

빙하는 녹아내리고 지구는 어둠으로 채워졌다

미처 고백하지 못한 단어들을 신발 속에서
꺼내 신었을 때 불빛들이 형장을 비추었고
맨발들은 흔적처럼 가던 길을 멈추었다

별들은 어둠의 저 끝을 돌아보았고
밤하늘에는 다른 세상으로 가는 출구가 없었다

쏟아지던 별들은 어디에 숨었는지
허공에 평면을 그리던 날은 불빛이 보이지 않았다

피터 래빗의 비밀정원처럼 하늘은 먼 꼭지에서
지운 달의 윤곽만 남았다

무엇을 진정으로 원하면 이루어진다는 말은 믿지 않아야
했다

달 위에 쓴 기도문은 생각보다 빨리 식어
모서리마다 선혈이 굳어 있었다

죽은 사람의 목소리는 자정이 되어서야 들을 수 있었다
힘겹게 뜬 달에게서 익숙한 연유 냄새가 났다

불탄 잔은 누가 채울 것인가

빈속

배 속은 빈 통이다

손가락을 집어넣으면 갈 곳을 잃은 입속의 것들이

허방을 구를 것이다

하늘을 떠돌아야 할 온기는 아래에 있고

땅에 있어야 할 온기는 위에 있다

날개를 단 듯 빙글빙글 돌아가는

허공과 허공 사이에 긴 레일이 있다면

누군가 기차를 타고 달려오겠지

뛰어내리지 않으면 누군가 나의 등을 떠밀 것이다

눈감고 뛰어넘어야 새 길이 보인다

시계가 없는 벽은 한 번도 울리지 않고

철 지난 비상구는 닫혀 있다

역류하는 미궁 속에서 과식하는 꿈을 꾸는 헛디딘 불빛처럼

꿈속에서 몸을 날리면 하얗게 내 몸이 걸려 있다

로프가 걸린 하늘에 달처럼 목을 건다

익사체는 번역되지 않는 자세

둑이 터졌습니다

집은 무거운 돌덩이들이 덮쳐

신음소리 한번 내지 못하고 무너져야 했습니다

팔월은 묵은 이끼와 언어들이 가득했고

집의 등뼈들은 난파선처럼 부서졌습니다

밤보다 깊은 둑을 타고 내리는 물소리가 줄지어 서 있습니다

주상절리 같은 주름을 가진 수몰지구는

사람들이 쏟아낸 아우성으로 들끓었습니다

악성 댓글이 하류에 쌓였습니다

울부짖는 짐승처럼 진흙탕에 파묻힌 기억입니다

세계는 커다란 비명소리를 가졌습니다

악보 없는 노래는 눈 맞출 수 없습니다

기회를 놓친 말과 문장에서 떨어져 나온 가냘픈 날개는

급류에서 건져낸 나의 사체였는지

잠이 깨면 끊어진 밤의 허리를 흰 종이에 옮겨 적습니다

익사체는 번역되지 않는 자세입니다

관계

그때, 원형극장에는 사람들이 모여들었고
거대한 촛불이 벽에 등을 대고 있었다

유령들이 등장하자 박수 소리가 떠나갈 듯 요란했다
뮤지컬이 시작되고 무대가 돌아가면
조명 불빛이 금발, 은발 머리카락처럼 관람석을 휘감았다

노래가 무르익고 우리들 중 누군가는 무대의 주인이 되었다
가면무도회가 분명했다

지구 반대편을 돌아온 소녀와 소녀를 만난 남자와
무대가 내려 보이는 자리에서 먹는 문어와 파스타 맛은 낯선 맛이었다

에스프레소 향이 짙어진 거리, 어둠이 내리면 적막이 찾아왔다
사람들이 한 줄 자막처럼 늘어 서 있다

피사체가 카메라 앵글처럼 원을 따라 돌면 어제 헤어진 사람이

오늘 만난 사람 등 뒤에 서 있다

이 대사로 뮤지컬이 만들어지면

나는 무슨 배역이든 될 수 있을 것 같다

새로 만들어진 무대에 올랐다

무대는 바뀌었지만 갈채 소리가 들리지 않았다

1막에 이은 제2막의 주연

죽을 때까지 회화나무 한 그루로 서 있던 정원

우리는 두 팔을 내민 채 마주 보고 있었다

우리는 최대한 가까운 사이였다

벌레의 반전

어둠 속에서 마주친 칠성무당벌레
응고된 선혈처럼 검붉었다

벌레는 발을 헛디뎌 다른 집을 찾아들기도 했다
밤바람은 온몸을 난도질했고 그럴수록
어둠 속을 더 깊이 파고들었다

밤에 피는 꽃들은 화살촉 향기를 뿜었다
저물녘이 화살에 맞아 휘청일 때 노을을 떠올렸다
줄기를 따라가면 터널 같은 어둠이 엉켜 있었다

사람들은 긴 강물 같은 고랑을 따라 각각 다른 별 모자를 쓰고
안간힘을 다하여 밤길을 걸어야 했다

늦은 시간까지 몸을 뒤척이는 벌레
죽음은 자의에서 이루어지는 것이 아니라
누군가의 조력에서 비롯되었다

드러낼 수 없는 모종의 혐의가 암막에서 벗어나 폐허를
건너
꽁무니에 움푹 팬 빈집을 매달았다

사람의 모습이 되는 순간
어느 시점에서 하늘을 흔들다가
처음으로 본 햇살에 놀라 다리를 웅크린다

구름을 뚫어 어둠을 지우려 했지만 불가능할 것이다
벌레는 거주했던 시간들을 어둡게 보고 있다

벌써 나의 반은 지났어

콘얄트 해변에서 담담하게 헤어진
남자 생각에 쓴 커피만 마셨지
그날, 한 마리 나비가 날아올랐고
파도가 거품을 물고 달려왔지

캄캄하게 저문 노을은 계절의 반을 적셨지
참 다행한 일이야!
우리는 서로에 대해 아는 것이 없잖아

붉은부리갈매기
내 눈은 코발트였고
바다의 반은 갈매기였어

바다와 바다가 쉴 새 없이 마주쳤지만
더 이상 봄을 보고 싶진 않아
이미 반은 지나갔으니
남은 귀는 겸손하게 너의 말을 들어주지

거꾸로 매달린 잎들의 반전
입속에서 톡톡 부서지는 자몽 알갱이들이
다시 나를 설레게 했어

치즈 맛이 잊혀져 갈 때
히비스커스 꽃망울이 펑펑 터졌어
가슴이 쿵쿵 뛰었지

지중해의 해는 쉬지 않고 지고 있었고
가는 길보다 돌아갈 길이 더 멀어
계속 앞으로 가기로 했지

여름은 꽃이 지기도 전에 지나가 버리지
나는 떠나버린 계절을 이해하기로 했어
다행히 날개를 단 무지개가
방파제 반대쪽에서 기다리고 있었어
남은 반에 대한 미련은 나를 새로 살게 하지

블루문

먹히기 전에 삼킨 개기월식을

당신은 믿었습니까

달을 뜯어 먹기 시작하는

풍경이 비문으로 떠오릅니다

오독을 씻고 나뭇가지에 걸어둔 채

지난밤을 필사합니다

바람에서 바람으로

한 발 앞에서 한 발 뒤로

해는 달을 먹었습니다

먹고 남긴 모든 것은

세모이거나 네모입니다

짐승의 이빨 자국이 거듭된

먹히기 전 먹고야 만 파랗게 세모난 달

한 번으로 끝나는 사랑은 사랑이 아니라서

별이 빛나는 건 몇 번의 이별을 거듭한 뒤라서

형체만 남은 달은 밤이 남긴 조각입니다

9시들

택시가 장미정원에 도착했을 때, 9시였다
베고니아 잎사귀 햇빛 한줄기를 끌어당겼을 때, 9시였다

게스트하우스가 파도에 부딪혀 출렁거리고 전복 한 마리 풍덩 담긴
방금 도착한 음식이 길게 줄을 늘어선 9시였다

메타콘 아이스크림을 삼킨 햇살이 옷을 벗어 던졌고
붉은 캐리어를 앞장세운 9시의 벚꽃이 눈발처럼 뒤뚱거리고

새똥이 폭죽처럼 터지는 9시였다
오랫동안 내리지 않던 비가 양철지붕을 쉬지 않고 두드렸다

언제 날아 가버릴지 모르는 지붕은 깃털을 흔들었다
비스킷이 오븐에서 노릇하게 익어가는
거품의 뒷맛은 몽롱한 밤을 끌어당겼다

빗물을 바라보는 시간들은 점점 사람의 집 쪽으로 기울어
졌다
휴일이라는 대체어가 있는 밤은 흔들렸고
모르는 사람들이 모여 맥주처럼 보글거렸다

해무가 바다를 감쌀 동안, 입을 크게 벌린 파도
어느 별에서 밀려왔는지 아무도 말하지 않았다

비구름이 몰려오는 시간이었다

하늘로 난 창

이것은 저물어가는 바다 이야깁니다
건너편 하늘에서 불꽃 터지는 소리가 났어요
불꽃이 떨어질 때마다 크고 작은 그림자가 사라졌어요

구석진 하늘이 밀려오고
사람들은 검은 옷을 입었고 바다는 흰옷을 입었어요
불빛이 파도에 부딪힐 때마다 죽은 사람을 생각했어요

시간은 사람들을 바라보며 침묵하더니 흔적 없이 흩어지고
시커먼 그림자가 다가왔지만 가벼워진 나는
불빛도 파도도 무서워하지 않았어요

내가 사라진 사진 속에서 웃고 있는 사람들은
여전히 바다를 보고 있습니다
꽃게 등짝 같은 붉은 눈동자를 흘겨 바람을 견딥니다
나는 국수 면발보다 긴 속을 끓였어요

보글거리는 바람이 내민 팔이 저리기 시작하면

세상은 너무 빨리 어두워졌고
죽은 자의 것이 아닌 바다로 열린 창문 이야기처럼
나는 한없이 길어졌습니다

그림자를 끌어안은 집 창은 먹빛으로 잦아들고
슬픈 사람들은 눈물을 흘리겠지요

바다 이야기는 죽은 자의 이야기가 아닌
바다로 열린 창문 이야기가 되었어요

어둠은 눈물 없이 그림자를 드리우고
바다가 보이지 않는 날은 일찍 문을 닫았어요

불빛 없이 끓고 있는 바다
말없이 쓰러진 하루가 바람에 흔들렸어요

새들은 언제 깃털을 터나

새들이 구름 아래 모여 있다
하얀 구름은 꽃처럼 부풀어 올랐고
새는 바람을 일으키는 높이를 가졌다

지구는 온갖 이유로 발광했고
37초 만에 날아오른 101빌딩이 구름처럼 떠 있다
슬픔과 기쁨의 온도는 보이는 간격에 따라 다른 걸까?

90초 만에 지구의 종말을 가져올 속도는
시간의 간극도 삼킬 수 있다

홀로 남은 새들이 바람을 세게 움켜쥔다
허공은 막히는 것 없지만 모든 것을 허용하지 않는다

새는 높이 오를수록 바람을 밀어낸다
공중에 다리를 걸어놓은 새
다중성 점멸등처럼 반짝인다

소원을 싣고 먼 우주로 달려가는 길목에
내장을 드러낸 나무가 줄줄이 서 있다

햇빛을 받은 잎들은 종일 후줄근했고
숨을 쉬지 못했던 나무는 빛의 속도로
새잎을 달기 시작했다

난간의 끝에서 함께 놀던 새들이 보이지 않는다
어제와 내일을 날고 있는 새들은
캡슐로 버티는 미래를 읽어 버렸다

새는 어느 한쪽으로만 기울어지지 않는다

급발진

별과 나의 간격은 꽃대 없이 흔들리고
세상의 허공이 다 쏟아져 내리고 있다

더 이상 간직할 내일이 없는 소식이 전해지고

저녁은 내 집 앞에서 황급히 멈추어 서
스키드마크처럼 귀신 형상을 한 불꽃이 대문 옆에 늘어서 있다
어두운 방 안에서 나는 어떻게 서 있어야 하나
탈색된 자화상, 넝마처럼 버려져 있다

전조현상도 없이 바닷물이 불어나
섬들이 수몰된다는 먼 나라 얘기
누가 이 소문에 파편을 맞았는지

나는 어디에서 수몰된 거야
조현병을 가진 도로는
어제 핀 꽃들로 붉게 터져 있다

나에게는 말해줄 줄 알았다
눈이 내리고 기차가 사라진 날, 다시 돌이킬 수 없다
지난 시간과 현재의 시점이 만나는 지점에 꽃들만 피었다

타버린 하늘, 이별이 연습 된 사람은
자기가 떠난 자리에 아무렇게나 신발을 벗어놓고 기다린다

갯바위가 빈자리를 대신하는
길마다 꽃물처럼 번지는 말들을 기억해야 한다

어둠처럼 길목마다 남겨져 있는
한 번도 깨지 못한 두꺼운 껍질들
도로 위 어딘가에 나뒹굴고 있다

꽃이 지기 위해 새파랗게 달려온 봄날
아찔한 귀갓길

누룽지

밥이 눌어붙었다 누룽지가 된 밥알들이 바닥에 닿은 후, 서로 밀치더니 구르고 넘어졌다 펑퍼짐한 엉덩이를 비벼 구수한 냄새를 풍기는 누룽지는 바닥에 잘 달라붙어야 짚고 일어설 수 있다

새벽달 잔기침 소리, 바람이 부스럭거리는 소리에 눈을 뜬다 닿기 전 끝을 알 수 없는 바닥이 일어서려고 몸을 바꾸면 주변까지 잠을 깬다 떨어질 수 없는 한 몸이 되어야 한다 스쳐 지나가는 소나기처럼 언제 뒤집힐지 모르는 경계에서 서로를 주시한다

껴안을까 누울까 망설이다 살며시 엉덩이를 치켜들고 일어서려면 까맣게 탄 시간이 걸린다 꾸물거린다고 뭐라고들 하지만 몸이 무거운 나는 어쩔 수 없다 아무리 긁어도 누룽지는 누룽지다 거대한 우주 같은 내 발을 물고 늘어지는 누룽지가 꿈틀거리며 한참 뒤에야 바닥을 차고 일어난다

제2부

수정안과

굴착 경험이 수십 년 된 안과 의사가
중장비를 동원하더니 눈과 코 사이를 뚫고
튜브형 관을 묻는다

눈물을 감당하기 위한
눈과 코 사이에 매설된 좁은 길들
길을 재촉하는 물길이 숨죽여 운다

펌프가 칙칙거리며 쌓였던 부스러기들과
뱉어내지 못했던 불순물을 빨아낸다

울어봐!
울어보라니까!
질척거리는 얼굴 위로 까마귀 깃털 같은 불빛이 깜박인다

한 방울도 남아 있지 않은 눈 속의 우물은
어디에 고이는지

부드러워진 이야기는
어제와 오늘을 이어주는 통로

불빛 아래에서도 드러나지 않는
눈물의 이유는 묻지 않는다

눈물은 울고 싶을 때 흘리는 것
속 시원하게 울어주어야 한다

기억처럼 흘러든 눈물 한 방울
내 몸을 통과할 때까지
뚫어놓은 하수관로는 막힘이 없다

오래전에 해가 진

여름은 봄 없는 가을을 보내고
휘갈겨 쓴 문자 같은 겨울이 왔다

별똥별이 떨어졌고
사막을 건너온 바람은 운석처럼 단단했다
하늘과 땅, 바다를 가로질러 흔들리던 새들까지
밤과 낮은 경계선 없이 돌아섰다

녹아내린 것은 불빛만이 아니어서
어느 날은 세상을 다 쓸어가고
어느 날은 태양을 끌고 갔다

지난 웃음은 어떤 색이었는지 분명하지 않다
웅크렸던 시간은 풍선처럼 부풀어 올라
폭탄처럼 터져버린 어둠이 널려 있었다

계절이 계절을 기억하지 못하고
새들의 날갯죽지를 맴돌다 쏟아져 있는 저물녘

가을을 날던 새들은 제 몸무게를 견디지 못하고
겨울을 건너다 빈 들판에 떨어져 내렸다
별들은 눈이 부셔 서로를 보지 못했다

방향을 바꾸는 바람 소리
따뜻한 음지는 세상 어디에도 없었다
천진한 음치가 부르는 목쉰 노래가
기도 막힌 출구에서 웅얼거렸다

나와 별과 바람은 밤새 흔들리고
나무들은 남은 잎사귀 몇 개 움켜잡고

오래전에 해가 진 방향으로 돌아서 있다

鬼家

죽은 사람이 사는 집이다 용이 승천했던 집터에는 다육이와 토란이 무성하게 자리 잡고 있고 이 집에 살던 사람들은 일생을 무덤 만드는데 돈을 쏟아부었다. 나는 죽어서도 살고 살아서도 죽는다는 이야기를 생각했다

납골당을 걸어 나온 사람들의 그림자에 시선이 겹쳐진 순간, 두꺼운 꿈속으로 들어갔다 사람들의 표정은 아침을 닮아 있지 않았다 몸을 돌리자 허공에서 금속성 비늘 같은 깃털 몇 개가 떨어졌다

뒷목을 잡고 한쪽 눈을 가린 채, 새처럼 사라진 사람들

세상이 더 이상 바퀴를 굴리지 않을 때쯤, 가까운 사람의 이야기는 재미없어졌고 읽던 책은 언제나 수상한 페이지만 펼쳐져 있었다

코코넛이 든 버블티를 마셨다 젤리처럼 입안에서 맴돌고 있는 뼛조각은 삭아버린 바람의 맛이었다

아버지를 닮은 사내가 바람을 홍등처럼 받쳐 들고 나는 금이 간 저녁처럼 웅크리고 있었다 지루해진 내 표정을 그는 보았을까? 노을에 잠긴 시신들을 등에 메고 악몽이 끝날 때까지 걸어갈 걸 그랬나

흉가에 무덤들이 있다는 얘기를 들었을 때, 아버지는 떠도는 것은 사람이지 귀신이 아니라고 반복해서 얘기했다 죽었다고 소문난 사람들이 밤마다 그 집을 드나들고

냉장고

다가오지도 않은 걱정을 쌓아 놓았어요
대화는 늘 일방적이지요

누군가 가까이 다가오면
이야기를 하기 전에
먼저 동결부터 시켰어요

욱! 하고 급랭으로 치달은 실내 온기

나와는 상관없이 침묵하게 된 이유를 모른 채
무엇이 진심인지 몰라 답답했어요

아플 땐 아프다고 말하고 싶었지만
너무 많은 생각을 하면
숨이 가쁘고 멀미가 났어요
누군가가 간절했지만 참으면 되는 줄 알았죠

문을 여닫을 때마다 얼었다 녹았다 평정심을 잃고

출구를 찾지 못해 몸부림쳤지요

해야 할 말들은 시간이 지나 녹을 때도 있지만 대부분 결빙이었죠

이해되지 않는 시간을 벗어날 수가 없었어요

후회는 언제나 떠난 버스와 같다는 걸

전화를 기다리지 않는다고
차갑게 말을 하지 않았어야 했어요

마음 둘 곳 없어 뒤척였지만
언제나 단단한 얼음 속에 갇혀 있어요

오월은 커다란 울음소리를 가졌다

비바람이 몰아쳤다

깃발을 내건 바다는 심하게 흔들리고
그물망을 빠져나간 물고기들은 도망치거나
더 깊은 바닷속으로 몸을 숨겼다

파도가 잠잠해지면 뱃머리를 돌리려고
그물을 자르거나 뱃전에서 멀어졌다

유리의 꿈은 깨어지는 것
배가 흔들릴 때마다 죽은 물고기가 떠올랐다

궂은날의 바다는 어머니 가슴처럼
터질 것 같은 심장을 가졌다

컥컥! 겨우 생을 마감한 가족사는
아무도 들으려 하지 않았다

물고기의 비늘들은 아가미보다 단단했고
귀가 달린 지느러미는 반반으로 나뉘어져 있다
밀물이 밀려든 때는 절망적이었다

비틀린 세상을 책임지느라 아가미는 더욱 벌컥거렸고
등대의 눈은 방향을 잃었다

바다는 밤마다 울음소리를 내며
파도의 목을 움켜잡았다

밤바다 랩소디

노인은 바다의 형상을 하고 있다
쿨럭거리며 부서지면서 주저앉기도 한다

숨이 멎어버린 바다는 어딘가에서 떠내려온
부유물을 안고 사라진다

늦은 밤, 파도에 걸려 넘어지는
자그락거리는 자갈 소리

배들이 선착장에 모여들면
밤벌레들, 불꽃놀이를 하고 있다

수리 갈매기들 날아들고
우럭 조개와 가리비들이 거품 물고
선착장에 뒹굴며
저들만의 이야기를 풀어 놓는다

밤마다 꿈을 꾸는 바다는 노인의 얼굴을 만든다

파도 무늬가 얼굴에 새겨지고
얼굴마다 주름 골이 팬다

거칠었던 파도를 껴안고
짠맛을 뱉어낸다

노인들은 부드러운 미소를 가졌다

새들은 붉은 슬픔을 물고

붉은 노을이 바람에 부딪히면
새들만이 알 수 있는 문장이 펼쳐진다

잠이 없는 새들은 서쪽으로 날아갔다

하루의 품속을 떠난 새들
낡은 저녁을 횡단한 후
불어온 바람에 몸을 기댄다

의심 많은,
의심 없는 새들은
달빛 아래 날개를 펼치고 저녁을 돌아본다

산다는 건 바람에 마른 꽃대로 흔들리는 풍경
몸을 끌고 폐허를 건너는 슬픔도 있다

처음 날기 시작한 새들처럼

치키티타

여보세요! 여보세요!

깡통이 굴러다니다 가끔 바람에 끊어졌지

여보세요!
무슨 일인지 말해줘요!

삐걱거리는 문,
남은 동전 하나, 삼키지 못하고
수화기는 늘어진 팔을 덜렁거렸어

바스락거리는 나뭇잎
누군가 걸다만 부스 안에서
노랫소리가 들렸어

여보세요!
거기 누구세요!

눈물이 방울방울 수선화같이 맺혀 있었어
아메리카노 커피가 식기도 전에 전화가 종료되었어
무슨 말이 남았을까

여보세요!
내 말 잘 들려요!

벌목한 산처럼 싸늘한 바람이 불었어
이름이 기억나지 않은 안개비가 스멀거렸어

바람의 구석에 자리 잡은 병목
발자국을 잡는 순간
마디 꺾인 문자가 떴어

여보세요!

그때가 언제인지 말해줄래요!
한때, 꽃잎 두른 머플러 같은 정원 이야기를 나눌 때가 언

제였는지

마른 인형처럼 길을 헤매다 넘어진 햇살 안은 자작 나뭇길

주홍색 노을을 하염없이 따라갔지

전자레인지 속 꽃처럼 하얗게 바스러지던 날

무음으로 처리된 기억이 새벽달처럼 다시 피어날 수 있다면

사막의 이름들

레몬 나무에 걸린 저녁노을을 보았다
혀를 길게 내밀고 붉게 물든 사막
페트라 가는 그 길이었다

가늘게 팬 협곡을 따라갔다
홀로 헤엄치는 물고기는 우주에서처럼
모로 서 있었다

어둡고 깊은 물고기의 고대도시는
모래 알갱이, 버섯바위, 뼈, 신전들이 들어서 있고

태양은 바람이 익을 때까지 떠 있었다

삭은 돌멩이 하나씩, 둘씩 주머니에 넣고 걸으면
햇빛이 시시각각 얼굴을 가렸다
씁쌀하고 썰렁한 바람의 맛이었다

노을은 사람의 발걸음을 헤아리고

길이 없는 사막은
꾹꾹 누른 송편 같은 달을 꺼내 들었다

발자국 뚜렷한 기억을
햇빛 밑바닥에 감추었던 타다 남은 새가
구름처럼 흘러 다녔다

붉은색 사암과 새털구름이 지구 반대편에서
무덤가에 핀 바위 꽃 같은 어둠과 몸을 섞고
밤과 낮이 구분되지 않은 날들을
하나씩 휴지처럼 버리고 있었다

모래가 길을 내는 사막이었다

나와 고양이와 마른버짐 같은 골목

골목을 걷고 있었어

민들레가 꺼먼 이끼 사이로 번지다가
아무도 모르게 피어 있고 창문 아래에는
희미한 불빛이 홀씨처럼 날아오르고 있었어

구불구불한 길을 따라 한참을 걸었어
큰길을 두고 골목을 택하는 건 나도 모르게 생긴 버릇이었어
막다른 길을 되돌아 나온 적도 많았어

골목 안쪽 꾹, 눌러앉은 집안에서는 음식이 끓고 있었어
국물이 넘쳐 타는 냄새가 어머니 이마에 난 주름골처럼 번졌어
찌개가 또 한 번 졸여지고 있는 것 같아 발걸음이 빨라졌어

깨어진 화분에 피다 만 꽃이 시들고 있었어
돌아가는 길을 기억해 냈지만 뽀얀 분꽃은 피어 있지 않

앉어

먼 불빛을 뒤로하고
나는 쓰러져 있는 오래된 벚나무를 올려다보고 있었어
능소화 가지 한 자락, 볼을 파고들었어

막다른 골목에서는 울음도 멈춘다는 것을
지난번에 핀 매화가 알려주었어

골목길에 앉아 부추를 다듬는 할머니 옆에
강아지 한 마리가 엎드려 있었어

나를 기다리고 있는 것은 눈빛이 마른버짐 같은
늙은 고양이 한 마리일 거라 생각했어

호우주의보

폭우에 왕벚꽃 나무는 가지째 부러져
분홍색 살점이 드러났고
여러 각도로 부는 바람은 여름날에 드리웠던
그늘을 걷어갔습니다

녹슨 벤치는 복숭아나무 밑동을 끌어안고 오열하고 있고
은사시나무는 기우뚱거리다 찢긴
나무 속을 들이받았습니다

바다가 내려다보이는 모퉁이 밭에서는 길게 내민
마늘종 혓바닥이 꼿꼿하게 날을 세웠습니다
눈빛이 매운 마늘종은 때를 맞춰 뽑아야만
줄기가 흔들릴 때마다 알싸한 향기가 퍼질 수가 있습니다

양파는 타조알처럼 붉은 머리를 처박고
여름날 퍼붓는 소나기처럼 수직으로 자랍니다

서슬 퍼런 환삼덩굴 모가지는 축 늘어졌습니다

정신을 차려 보지만 속수무책 나동그라져
신음조차 낼 수 없던 나는 식음을 전폐하고
바닥의 일부가 되어 있습니다

악몽 같은 밤이 지났습니다
참새 한 무리, 호우주의보처럼 날아오릅니다

레몬

달콤함을 포기한 나는

식탁이 없는 그곳에서 도망쳐 나와

떠돌아다녔어

문을 닫았지만 바람이 밀고 들어왔어

겨울이 물방울처럼 튕겨 나갔지

바스라진 잎 하나, 손바닥에

아침에서 밤까지 발을 내려놓지 못했어

눈을 감고 긴 숲길을 걸었어

잠들기 전

신맛이 들기도 전에 죽음부터 배웠지

엄마가 부르는 노래가 담벼락을 넘어갔어

톡

레몬이 터지면 설명되지 않는

새로운 단어는 시큼하고

말을 많이 한 날은 입속이

노랗게, 노란

하필이면 은행나무처럼 물들고 싶은

그날이었어

엄마의 냄새가

소리 없이

담을 타고

열지도 않은 창문 안으로

스며들었어

체외충격파쇄석술

동굴 같은 광장입니다 샌드백처럼 음악에 맞춰 두들겨 맞았어요 길게 자란 머리카락을 흔들었어요 강렬한 헤비메탈이었죠 길을 막고 있는 돌 더미에 발목이 걸려 넘어졌어요 소리를 질러도 쓰러지는 몸을 멈출 수가 없었죠 쇠공이 발목을 내리쳤어요 의사는 내게 믿음이 부족하다며 검거나 흰 종탑을 가르쳤어요 온몸이 터질 듯이 아팠어요 맞을수록 제자리로 되돌아오는 통증, 그 사이 맷집이 생겼나 봐요 몸을 휘청거릴 때마다 바람이 찢어졌어요 소리 질러! 소리 질러! 나도 모르게 리듬을 타며 온몸을 흔들면서

발설하지 못한 말들은 과부하에 걸려 싱크홀에 빠졌었나 봐요 쿵쿵거리는 소리가 들렸어요 보이지 않는 주파수가 흐르고 있었네요 무의식중에 파동이 느껴졌어요 직진만 고집하던 통증이 유턴을 해요 무수히 흩어진 축척의 잔해들, 동굴 속 돌들은 화석이었어요 동굴을 벗어나려 하지만 헛된 꿈입니다 바닥에 닿을 때까지 몸속에는 석순이 자랍니다 수억 년 된 암반처럼 머리카락이 자랐어요

위험수위

텅 빈 사무실을 나온다
얼굴을 잊어버린 사람들이 가면을 찾아 몰려다닌다
가면을 사야겠다고 생각하는 순간
시크릿 데이트는 막이 오른다

목걸이처럼 된 가면이
사람의 입을 틀어막은 가면이
무단횡단을 하고 남의 냉장고를 들여다보듯
거리를 쏘다닌다

거리를 뒤엎는 소각장의 연기는
죽음의 정령처럼 자욱하다
누군가에게 일어나는 일은
뒤집어쓴 가면 속에서도 일어날 수 있다

어제는 미안했는데 가면을 쓰면
아무렇지 않은 날
삶이 지나가고 있는지 가면 속 공기가 탁해진다

이방인을 보듯 흘깃
가면들이 스치고 지나간다

마음을 가리고 싶을 때도 있지만
진심을 드러내고 싶을 때도 있다

병원 한 켠에서는 모르는 사람들이 뒤섞여
누군가의 임종을 기다리고 있다
심장박동기가 급한 발자국처럼 멈춰서는 중이다

쓰러진 달

늦은 밤 흐린 등 하나가 여기저기 다녔겠지 핏덩이 안고 이 집 저 집 기웃거리는 그림자, 언제 밝혔는지 모르는 등은 한여름 밤, 길게 편지를 썼겠지 깊게 팬 길모퉁이는 한없이 눈물 흘렸겠지 집채만 한 물기둥에 밀려 뼛속이 훤히 보이도록 쓸려 다녔겠지 줄줄이 엮인 마디들이 손을 놓지 않은 건 그날 비춘 달빛이 모처럼 따스했겠지 폭설이 내리고 비바람 불어 피신한 좁은 길은 새소리 끊어진 막다른 길이었지 삶을 견디는 법을 익히지 못한 그림자는 그 길 앞에서 털썩 주저앉아 버렸지 누군지 외발로 절뚝거리며 걸어가고 있었지 잠깐, 구름에 가려진 달이 어둠에 덮인 웅덩이를 비추었지 그때 소스라친 외마디는 검붉은 줄기에서 핏물이 뚝뚝! 흘러서였겠지 별빛이 홀로 말이 되지 않는 말을 하면서 걸음을 재촉했겠지 아무도 모르게 핏줄 잘린 어둠들이 뒹굴었지 여름밤, 후줄근한 자루에 담겨 비명도 없이 가버릴 줄, 문밖에는 손 흔들 시간도 없이 비바람에 떠밀려 쓰러진

잘 익은 둥근 달이 있고

제3부

뭐가 중요해!

잡스의 샌들이 3억에 경매되었다고 했지
그의 발바닥 땀구멍에서도
아이디어가 막 솟아 났었다고 했지

해외직구로 산 프라다 지갑 들고
이태원을 한 바퀴 돌던 때였어
치즈 구멍처럼 뚫린 에펠탑은 바람 소리를 읽어낸다고 하지

미라보 다리 아래 죽어가는 센강
영희는 육 개월 치 알바비를 모아 파리에 간다고 했지

산책 나온 개들, 비둘기처럼 벤치에 올라앉아 나를 보고 있지
눈을 동그랗게 뜨고, 나는 소보로 빵처럼 노랗게 놓여 있고
아기 유모차보다 예쁜 애완견 유모차가 더 많이 지나갔지

헐렁한 티셔츠 고무바지 입고 파리 뒷골목을

중세 여인처럼 떠돌았어
씨앗 든 호떡이랑, 빨간 떡볶이가 먹고 싶었지

파란 눈의 사내가 그리워졌어
그의 눈빛은 국경을 넘어 생각보다 강렬했어

나는 고흐가 살던 노란 집, 노란색 침대, 해바라기 그림
좁은 계단과 어두운 창문이 내 이마에 파고들었어

하마터면 얼굴이 녹아내리는
몽마르트르 언덕을 지나칠 뻔했지

청새치

콧날이 삐딱해진 어느 날,
사라진 까마귀처럼 바다를 날았지요
산티아고 영감님은 날마다 북을 치며 바다처럼 울었지요

한 방울 물기조차 남지 않은 바다
살아 있는 것과 죽어 있는 것이 뒤섞인
칼바람이 숨이 멎던 바다는 잔잔해졌어요
갈매기 소리는 더 이상 들리지 않았지요

이것보다 더 지루한 유영은 없었어요
눈을 부릅뜬 청새치는 한 생을 돌이켜 보는 듯
생의 내막을 낱낱이 드러냈어요

식탁 위에 촛불이 켜졌어요
금빛 띠를 두른 커다란 접시에
눈알 요리를 담아 특제소스를 끼얹었지요

둘러앉은 사람들은 잔에 따른 눈물주를 나눠마시고

촉촉하게 배어든 부드럽고도 차가운 식감에 깜짝 놀랐지요

바람은 더 이상 불어오지 않았어요
어느 나라 수심인지 알 수 없는 바다였어요
럼주처럼 채워지는 파도 소리가 오랫동안 들려왔어요

외진 골목 저 끝에서 펄쩍 뛰어오른
청새치의 시퍼렇게 마른 등짝

홍어

하늘을 날아오르는 홍어
날개가 구름에 녹아들고 있다
곧 빗방울이 될 예정이다

뜬구름 대신 바람 소리 가득한
무거운 몸, 집어넣는 항아리에서
지푸라기 뒤집어쓰고 숨 삼킨 지 오래다

꿈은 꿀수록
허공으로 사라지고
네발 비집고 뻗을 자리 살핀다

흙탕물이 채워진 항아리
목에 걸려 토악질하던
아침에 삼킨 달이 떠 있다

이제 오래전의 그 꿈
뼛속까지 푹 삭아서

달밤에도 곰곰이 삭아 내린다

운행 대기 중

30번 버스 5분 후 도착, 28번 버스 대기 중
31번 버스를 탄 사람들은
배차시간표를 목에 건 버스처럼 줄지어 섰다

정류소 옆, 달달한 카스텔라 냄새가 스친다
치즈 든 호두과자는 겨울에도 아이스 커피를 곁들인다
달콤한 우윳빛 시럽이 사람의 말을 기억하나보다

언제 올지 모르는 200번
줄지어 오는 버스들
어제 공항에 내린 사람들을 실어 오는 걸까
버스는 숨어서 오는 걸까

밤새도록 산을 태우는 불길 속
스쿨존에서 속도위반을 했을까
폭우 쏟아지는 고가다리 밑으로 잠수했을까
터널을 지나 목이 좁은 로터리에서 멈췄을까

종잡을 수 없는 200번
방금 구운 빵 냄새와 같이
버스의 한쪽 뺨이 발그레하다
수안역 지나 동백역
아무 곳이 아니어서 좋아

나는 어디를 가고 싶었는지
내 안에 든 사람들은 어느 별에서 내릴 것인지
기다릴 필요가 없는 기다림으로
가슴은 늘 입석으로 대부분 지워진다

대기 중인 우리
언제까지 기다려야 할까

나비장

옛집에 나비장이 놓여 있다

나비가 호롱불처럼 흔들리며 앉아 있더니
심지를 돋운 다음 백 년 전으로 날아간다

나비장에 새겨진 옛이야기는
검은 산을 넘고 봉우리를 넘어
흰나비는 구름을 타고 내 집에 든 것이다

두 손을 펼친 후에 온몸에 불이 붙은 나비는
조개무덤이었을 때부터 밤마다 들썩였고
떼를 지어 날개를 팔랑인다

구름 문양이 벗겨진 나비장
나비의 영혼이 깃든 산정 같은 무덤은
통증을 이겨낸 시간대를 거슬러 오른 나비의 잠이
얼마나 끈질기고 처절했던지

한낮의 마당에는 눈꺼풀이 쌓이고
햇빛이 내려앉은 격자무늬 바람이 졸고 있다

나비들은 나비장을 찾아 빙빙 돌고 있고

파티

화요일에 있었던 일입니다

빗속에 부추가 가지런히 눕습니다

당신은 양은그릇에 안개꽃 같은 막걸리를 따릅니다

부추 사이에 홍합이 씨앗처럼 박힙니다

그칠 줄 모르는 홍합의 수다가 바람을 타고 번집니다

빗소리에 부추와 홍합이 맛있게 구워집니다

느리게 익힌 부추전에 소금 대신 땡초를 곁들입니다

막장 드라마 같은 튀김 기름을 온몸으로 끌어안고

잊히지 못한 당신에게 화요일을 고백합니다

표현은 서툴지만 모자란 밀가루 반죽으로

마지막 부추전을 천천히 뒤집고 있습니다

비단벌레

푸른빛 날개들이 천마총에 깃들던 날
하늘에서 갑각류 벌레 같은 비가 내렸다

천둥이 치면, 금녹색 띤 등짝이
하늘 높이 꿈틀거렸고
벼락이라도 맞은 듯 비명을 질러댔다

꽃비가 쏟아지는 날엔 수천 개의
꺾인 날개가 비단길을 펼쳤다

벽화에서 빠져나온 갈기 긴 검은 말이 무덤 속 초원을 내달렸다

어제와 오늘, 겹겹이 기운 살점들
죽어야 새롭게 살 수 있는 무늬가 되었다

벌레 울음소리 들리는 그믐밤
썩지도 사라지지도 부화되지 않은 속살이

내 것인 것처럼 아려왔다

비 오는 날엔 덧댄 등짝들이 근질거렸다
날갯죽지 깊은 곳에서
바람과 바람의 몸 비비는 소리 들리고

사람으로 태어나지 못한 벌레들이
무덤 속에 쌓여 있다

봉덕동, 101번지

사람들은 옷감 같았다

바람에 몸을 말린 옷감들이
아침이면 트럭에 실려 어디론가 떠나갔다

하수구에는 붉은색, 푸른색 물이 흐르고
수십 년째 멈춰 있는 시간들이 검은 구름처럼 떠 있다

바람의 사선이 하늘을 죽죽 그으면
아이들 삼삼오오 모여들어
염료로 물든 흙을 해질 때까지 파헤쳤다

땅강아지 한 마리가 아이의 손에 잡혀 바둥거렸다

날아오를 수 없는 아스팔트 도로처럼 펄펄 끓는 염색공들

긴 무명천들 끌려 나와 형형색색 바다로 변신했다

팔을 버리고 다리를 가진 스포트라이트를 받은 간판들
깜빡거리며 지나간다

구름모자를 쓰고 망토를 걸친 어떤 이는
출신학교를 세탁하고 영어 이름으로 개명했다

깃발처럼 흔들리던 집들이 어두워지면
삽화처럼 붉은 밤안개가 떠다니고

골목 끝 집 줄 장미는 주인 없는 담장 위에 걸터앉아 있다

굴뚝을 빠져나온 검은 연기
입김을 토해내고 있다

그런 날 있다

누구 하나 울어주지 않는 사내를 위해
저세상 가는 길목을 지키며 유품 정리를 한다

슬플수록 환하게 웃는 벚꽃들
추도문을 읽는다

눈물 젖은 길, 벚꽃은 벚꽃이어서 좋다
누군가에게 일어나는 일은 누구라도 일어날 수 있는 일

해안 길은 시퍼렇게 날을 세운 파도 같이
길은 오른편을 지나 왼편으로 꺾어 들어 막히기도 한다

돌아보지도 않고 떠난 죽음 앞에서 내 죽음을 바라보듯

살아 있는 것이 되려 이상한 그런 날 있다

힘든 시간 견디다 보면 사소한 것에 마음 쓰이지 않을 때

어둠 속에 검은 꽃잎 하나 떨어져 있다

시간은 전속력으로 달리고 달려 처음으로 경험한

멈추지 않고서는 알 수 없는 꽃잎 같은 그런 날도 있다

타프롬 사원

허공을 타고 오르던 나무들이 잎을 매달아 본지 오래되었다

입술이 베일만큼 나뭇잎 바스락거리는 소리

죽음의 음모론에 보리수나무들이 신들을 불러 모았다

숲속은 회색 햇빛만 쏟아 내릴 뿐
나무들이 엉킨 그늘엔 망령들의 웅웅거리는 소리 가득하다

뾰족탑을 휘감는 뿌리들의 깊은 눈빛

잠들지 못하는 새들과 날개 없는 새들이 날아오르면
죽은 양들, 떼로 몰려온다

고사목은 더 이상 불타지 않았고
밤의 검은 숲은 알아듣지 못할 주문을 읊는다

하얀색은 죽음의 연대기

크메르의 절망이 어디까지였는지
불협화음으로 더 이상 돌아오지 않을 밤이 벌레처럼 운다

어디에도 포함되지 않은 상실이 깃발처럼 펄럭이고

하늘을 짚고 선 나무들은 서로를 놓지 않았다

향유고래

손바닥 위에 바다가 놓여 있다

오래전 흉터에 닻을 내린 포경선 하나

바닷속에는 향유고래가 살고

고래는 얕은 물인지 모르고 손목을 타고 오른다

부서진 물결 위에서 잠시 헤엄치기를 하다

파도에 밀려 와 가쁜 숨을 몰아쉰다

세상과 멀어진 바다 한가운데에서는

힘을 빼야 한다고 했지만

나도 모르게 힘이 들어간다

부레가 없어서 각도가 맞지 않아서

너무 먼 곳으로 와 버린

새끼를 잃은 향유고래가 울부짖는 바다 한가운데

에식스호는 어디로 갔나

구멍 난 포경선은 살아남은 자들의 먹잇감을 찾아

다시 바닷속으로 간 걸까?

먼바다를 생각하고 손바닥에 모여든 고래들

꼬리는 엄지에서 중지로 다시 약지로

난파선을 향해 꾸역꾸역 몰려온다

여름 돌무덤

돌 더미에 파묻힌 너의 신분
뜨거워진 돌들은 뭘 품고 있을까?

얼굴은 어떻게 생겼고
감은 눈은 어디에 두었지
너의 입은, 귀는 어떻게 생겼지

바람 따라 눈 터지고 입술도 들썩이지
바람이 소리치면 가만히 있어야
가물거리는 세상을 바람이 갈가리 쫓고 가지

쉽사리 흩어지는 노래는 필요 없어
네 속에 있는 통증, 언제까지 참고 살 거야

겹겹이 쌓인 말들, 날카로운 갈고리로 긁어내면
굳게 다문 입 열게 되겠지

바람 소리 제집 인양 들락거리고

너를 째려보는 눈, 날이 갈수록 매서워지지

네 사랑 절규하지만 하얀 살점
한낮에는 뜨겁던 돌도 한밤에 만지면 한기가 느껴지는

밤마다 멍드는 푸른 등짝을 보며
차오르는 바다에 눈물 쏟아내지

어두워질 때까지

혓바닥을 내민 오리처럼
나무 타는 냄새가 나요
재가 나방처럼 날아다녀요
어두워질 때까지

내일도 모레도 비가 온대요
불꽃 같은 제라늄이 피었어요
주춤거리지 말고 오세요
꽃들이 허방을 뛰어다녀요

게릴라성 호우에
지붕마저 내려앉아 버렸네요
떠내려간 신발들, 더 이상 찾지 말고
어두워질 때까지 놀아요
오늘은 일탈을 감행한 완벽한 날이에요

황토물 사이에 두고
아르티 푸자*가 벌어졌군요

어디에도 기록이 남지 않는 오늘은
약속 없어도 만날 사람은 꼭 만난다는
아무 일도 일어나지 않는 날

밤새 쓴 편지를 꽃등에 띄워요
흐르는 순서에 동승하여
기다림의 시간을 이어가죠

향과 부채, 염소, 불꽃이 어우러져
죽음을 경배하지요
창밖은 언제나 밤이었지요

죽음이 슬퍼할 일만은 아니네요
삶이 저만치서 또 다른 세상을 보여 줄 때
불빛은 어둠을 위한 기도입니다

* 불을 올리며 기도하는 힌두교 의식.

쑥이야 쑥!

봄날, 쑥떡 같은 여자들 하나, 둘, 셋, 넷, 양지바른 곳에 모여 푯푯한 쑥, 쑥떡쑥떡, 치마폭에 안았지 그렇게 질기다 모질다 하면서, 수만 번의 밤을 지내려면 바위 같은 바퀴가 지나가도 머리를 쑥 뽑을 수 있어야 하지 쑥대머리 수북한 풀밭에는 독한 것들만 모여 있지 눈물과는 거리가 먼 불문율이야 한번 잡으면 놓치지 않아 살아 있다고 좋은 건 아니야 머리를 꼿꼿이 치켜든 독사를 보면 눈꺼풀이 빳빳해지지 간담 서늘해져 독기가 생기지 쑥이야 쑥, 영문도 모르고 생긴 무덤들, 피도 가시지 않은 이빨 자국 같다 무덤을 보면 헛구역질이 나지 나비처럼 끈적한 통증이 전해 오는 거야 갑자기 근육이 불끈 솟구치는 걸 느껴 죽었다 다시 살아나지 쑥이야 쑥, 새 잎사귀에 매달리는 아침이슬, 귀밑머리 솜털 보송한 이야기가 듣고 싶어 밤 향기에 취한 모기, 하루살이, 나방들, 푸른 바람 타고 모여들지 식은 눈 위에 겨울이 쌓이고 바람 위로 눈빛이 쑥떡거려, 막혀버린 빨판처럼 헐떡이다 허파가 타버렸지 우린 잠들면 안 돼! 야생을 두려워하지 다시 순한 봄으로 쑥! 태어나야 해.

제4부

꽃들의 정거장은 공중에 있다

꽃이 허공에 나뒹군다
지는 꽃잎에 부딪히는 새소리

피 묻은 구두 한 짝, 구슬 박힌 손가방이
노을 속으로 사라졌다

기쁨과 슬픔을 나누지 못하도록
깊은 강과 정글이 막았다

이별도 없는 정거장에서
바뀐 계절을 말하지 않았는데

꽃잎은 꽃잎끼리 새들은 새들끼리
공중에서 울부짖는 소리

노을이 벚꽃처럼 붉다는 것을
언젠가 말하려고 했는데

벚꽃이 강물처럼 흘러가면
우리는 더 가까워질 수 있었는데

꽃은 어느 날, 그림을 그리고
어느 날은 바람으로 나타났다

뒤돌아서면 다시 다가오는 어제
가슴에 박힌 꽃잎을 위해
무너지지 않는 성문이 필요하듯

하얀 손 흔드는 꽃들
서로를 모르는 꽃들

수상한 꽃들의 행렬을 따라
빗물에 둥둥 떠내려간다

마지막 식사

아버지와 식탁에 앉았다

아버지의 굵은 목울대가 꿈틀거렸다

휑한 눈빛이 접시에 고였다

느리게 씹히는 비릿한 기억

전등 불빛이 흔들릴수록 조여오는

아버지와 나 사이에 바람이 빈 그릇처럼 드나들고

삶이 토막토막 잘려진 문어 다리 하나

"빨판을 가져야 할 만큼 사는 것이 독하단다"

씹어도 씹어도 삼켜지지 않는 문어 발, 한 조각

문어는 끓는 물을 빠져나온 후에도 악착같이 온몸을 뒤틀었다

비명마저 빨갛게 익은 문어의 마지막 입

릴레이

오늘, 비가 오는 관계로 외출하지 못했고
내일은 약속이 없는 관계로 잠을 자야겠다

장전된 화살은 대부분 불발이었고
토끼 눈을 한 택시가 내 방 천장을 달린다

내일, 안과에 들르고 내과에 들르고 한의원에 들르고

이튿날도 그 이튿날도
쉴 새 없이 사람들과 마주쳤다
컹컹거리는 자동차
누가 잠든 내 이마를 쳤는지

스치는 목소리들, 눈빛들,
매일 다른 모자를 쓰고
안경을 바꾸고
어둡고 시끄러운, 내 방안을 둘러보고

오시리아역에 내려 롯데 아울렛에 들리고

허공에 길게 걸쳐진 지평선 위에 수평선
레일 위에는 기차가 없고 참새떼가 후루룩!
나의 기차는 술렁거리는 태양을 벗어나 해저터널을 통과
한다

내 집에 누군가 있었는데, 누군가는 없고
어딘가 가야 하는데 잡을 손이 없다

바통을 넘겨준 뒤에야 내 앞에 섰다

금계국

바다를 출발하여 강을 지나
시냇물 따라 가면 구례입니다

땅끝마을, 19번 국도를 따라가다 보면
길 따라 길이 이어집니다

안개가 잦은 길목에 활짝 핀 꽃
서식지를 떠나 사막에서도 금계국은 필 수 있을까요?

다리 건너기 전 횟집은 텅텅 비어 있고
돼지국밥집에는 화물차가 줄을 섰습니다

2.6미터 제한선을 넘어온 차는
왜 무거운 짐을 버리지 못했을까요?

밀양 얼음골 친구는
사과 농사를 그만두고 망고를 재배합니다
의성 삼촌 사과밭은 자두밭이 된 지 오래입니다

이안류에 덮쳐 휩쓸려가는 바다

황사 바람이 세워준 컨테이너 트레일러, 탑차,
토종을 밀어낸 금계국은 노란색 왕국을 위해
콘크리트 절개선에 끼어
아픔을 참느라 눈이 노랗습니다

냉장고 속에 사막이 있다

족제비 커피 어딨지?
냉장고에 얼음은 있어?
커피 향에서 사막 냄새가 나네

오래된 여행객들은
엔진을 멈춘 채 노을 속에 묶여 있다
모래 위에 꽃무늬 식탁보를 펼치면
꽃처럼 어린 잠들이 깨어나고
메마른 꽃에서는 미역 냄새가 난다

높은 음자리표를 닮은 우리들의 사막은
모래가 되고, 은빛 갈치가 튀어 오르는 바다가 된

멸치 꼬불꼬불 몸을 푸는 동안
하늘 여기저기 별들이 쏟아진다

설흘산이 슬그머니 바다를 덮칠 때,
캠핑카들이 하나, 둘 꼬리를 물고 온다

불길이 활활 타오른 바다에
밍크고래가 새끼를 업고 수족관을 탈출했다

액자처럼 걸려 있는 해변 비치 민박집
벽에 걸린 알전구처럼 반짝인다
붉게 차오르는 바다에서
서로의 얼굴을 그리던 그림자가 모래밭을 덮는다

어둠에 가라앉는 바다의 실루엣,
불이 켜진 채 가로등이 잠긴다
커피를 마신다면 사막이 사라질까?

키이우

불타는 잔해 속, 폐허가 된 마리우폴 병원에
홀로 남은 아기가 울고 있어요

허물어진 벽, 뒤집힌 지층, 포성은 이제 그만
놀이터에 묻힌 나비 지뢰에
발목 날아간 아이들

내려앉은 어두움 걷어내고
땅이 흔들리고 하늘이 무너진 집
해바라기 핀 들판으로 가요

꺼지지 않는 백린탄 떨어진 건물을 피해
다시는 못 만날지 모르는
두 살짜리 아이 등에 이름, 생년월일 전화번호
안전한 지역으로 데려달라는 피맺힌 절규

총소리 뚫고 내리는 빗소리에
"비라야"

부르는 소리
환청처럼 들려요

둥근 식탁에서 가족과
둘러앉아 이야기 나눌 수 있는 그날
뒤뜰에는 튤립이 다정하게 피어나겠지요

허기진 하루를 따뜻하게 데워
젖 냄새 나는 아이 품에 안고 잠들고 싶어요

전쟁이 끝나면 사랑한 사람들은
떠나온 도시로 다시 돌아갈 테지요

푸른 별무늬가 그려진
집으로 가고 싶어요

물고기 지문은 어둠이 오면 사라지고

버드나무 발을 붙잡고 물구나무를 섰다
보이지 않던 것들이 환하게 열렸다

앞만 보던 세상 발밑에도 있었구나

숨을 쉬다 말고 멈춘다

꼬리 접은 물고기, 도달하지 못하는 공간을 휘젓는다

머리 박은 왕버드 나무는
삐죽 튀어나온 매 발톱 같은 혀끝을 굴린다

구부러진 바닥이 속을 뒤채고
몸의 모서리는 구름 산책로 계단을 오른다

숨을 곳 없는 길목에 물러서면
발걸음 뒤, 각질이 돋는다

숙성된 시간은 몇몇 살아남은 사람들로 붐비고
지나온 발자국은 피아노 건반처럼 열렸다 닫힌다

버둥거리다 생긴 상처들 내 속에 똬리를 틀면
독성이 수면으로 떠오른다

괴성이 여기저기에서 들리고
나를 무너뜨리고 살아남은 햇살도 뒤집힌다

붕어는 알을 품을 때마다 비밀 한가지씩 뱉어내고
젖이 불은 저수지는 젖을 나누려고
둥둥 떠다니는 나뭇잎을 끌어당긴다는 어머니의 이야기

물의 움직임이 수상하다

발열

홍매화 한 그루
붉은 입 여기저기 알레르기처럼 돋아난다

빨간 귀를 가진 아이가
까르르 자지러진다

점점 퍼져 오르는 열꽃
몸을 긁으면 온몸이 더 붉게 감전된다

토끼 목도리 같은 분홍빛 바람이
머플러처럼 흔들린다

봄, 하고 두 손 내밀면 날개를 펼치는 나비
휘청거리는 몸짓으로 겨우 날아오른다
수돗간 물소리 문고리를 적시더니
어디론가 사라진다

보고 싶었다는 말 할 사이도 없이

꽃잎이 놓친 나무그림자 조금씩 짧아진다

두 귀 잡은 홍매화
깡총거리며 뜀박질하는 봄
볕 잘든 마당 한 바퀴 돈다

아이가 열꽃처럼 마당 가에서 피고 진다

수박이거나 멜론이거나

비 내리는 날, 길을 나섰다
내가 가는 곳은 물웅덩이다

차 유리 벽은 뿌옇게 성에가 끼고
반려견 '노을이'는 꿈꾸는지 아픈지 기척이 없다

빗물을 차고 나가는 먹빛 하늘 물보라를 일으키고
케이블카가 텅 빈 채 외줄을 타고 있다

공사 중 아파트가 앙상하고
불 켜진 모텔들 깃발처럼 펄럭인다
바닷가 외딴집은 저 혼자 늙어간다

봄빛에 홍매 청매 다투어 피고
키위나무 화살처럼 바람을 당긴다

밤새 내린 비에 꽃은 떨어지고
봄비 내리는 소리에 놀란 개구리

새순 엎치락뒤치락
빨간 우체통은 비에 젖고

시샘 바람 한바탕 몰려오는
휴게소 호두과자는 언제나 달콤하다

빈집에서 꽁꽁 언 몸 풀다 고독사한 냉장고
목련 한 그루, 달처럼 환하다

필사적으로 내달리기

절벽을 달리는 자전거
하늘을 달리는 별들

울음 멈춘 어항 속 물고기는 지느러미를 펄럭인다

가시를 씹을 때, 목젖이 아프다는 것이
어떤 맛인지 알기에 어항 속에서도 시간이 필요하다

누군가 어항을 깨뜨리면 어쩔 수 없는 일
물고기는 벌써 목이 마르다
내일보다 더 먼 곳을 응시하는
물고기 눈

죽방에 멸치 떼가 갇혀 있다
바다는 깊은 곳으로 기울어져 있고
허공을 잡아 보지만
나는 날마다 깨뜨리지 못하는
문장 하나 물속에 짓는다

닿지 못할 말들처럼,
물살을 거슬러 오르는 은빛 멸치들

마른 멸치 배를 가르면
새까만 마지막 말들이 쏟아진다

고사목

이층에 펭귄 집, 3층은 물고기 집
옆집 나무에 사슴벌레 부부는 상형문자 집을 지었다

한순간은 소란스럽다가 한순간은 침묵이 교차 되는
웃자란 빌딩 숲이 들어선 여름 같은 길
키 큰 나무와 몸을 섞은 덩굴이
고사목을 안고 있다

독을 모으러 빈 구덩이에 들어간 독사 가족
매미 우는 날 기다리다 허물을 벗는다

양지바른 자작 나뭇길에 먼저 자리 잡은 사람
자는 잠에 가고 싶다고 기도처럼 중얼거리는 나무들

나를 제발 불러줘!

팔다리가 떨어져 나가고
허리가 터널처럼 뚫렸지만

다음 세상을 향해 굳건히 자리 잡은 내 몸속 미라들

엎드려 있던 것들이 꿈틀거리는 시간
봄 가지에 물오르는 소리 파릇파릇 피어오르고
날개를 퍼덕이는 새소리 바람 소리
계절이 바뀌어도 집으로 가기엔 멀어버린 길

생을 다 살아버린 고사목에
피골이 앙상한 가쁜 숨이 두 팔을 벌리고 있다

철거

녹슨 자물쇠가 채워진 대문이
넘어질 듯 서 있다

무엇이든 숨겨주던 골목은
기억마저 뒤엎어 버렸고
잠긴 문은 휘장을 친 내부와 밀담 중이다

담벼락에 휘갈겨 쓴 붉은 궁서체가
뱀 혓바닥처럼 날름거린다

거래가 멈춘 장미은행은
새 발자국만 지나가고
이사 온 바퀴벌레 눈치를 살피고
성난 풀들은 칼처럼 서 있다

헝클어진 머리칼
충혈된 눈
더위에 지친 가재도구들이

붉은 머리띠를 두르고 하나둘
거리로 뛰쳐나온다

오후에는 여전히 비가 내릴 것이고
창가에는 시클라멘이 필 것이고
둘이서 마시는 머그잔 커피는
백 년 후를 꿈꿀 것이고

환청

바다가 밀어낸 밤의 궁전
침대에는 코끼리의 방 열두 개가 있다

가지 달린 촛대의 양팔 벌린 행렬은
불꽃 없이도 새빨갛게 타올랐다
촛농은 딱딱하게 굳은 잠을 녹이고
숙면을 위한 기도는 숙연했다

푸른 포도주가 흐르는 정원
리시안셔스 향기에 젖은 밤
요리는 날마다 화려해지고 음악은 감미로왔다

허물어진 벽 사이에서 옛사람들이 걸어 나왔다
시기리야 궁전의 욕조에 몸을 담근
돌 속에 그려진 짐승

불꽃은 언제까지 피어오를지
내가 어느 연대기에 속했는지

이제 타임 루프로 돌아갈 시계탑을 의식할 필요는 없었다

무너진 왕궁의 숲
새들이 발자국을 남긴 투명해진 거리

눈물 없이 흔들리는 꽃들은 지고 있지만
환청처럼 언젠가 다시 돌아올 것이다

코르셋으로 조인 허리를 풀고 싶지 않았던
궁전의 밤은 더 이상 어둠을 깨우지 않았다

다랑이 밭

시금치, 꽁꽁 언 흙 붙잡고 서로 껴안는다 밤새 갈라 터진 손, 호호 불던 아이 잠들고 서성이던 달빛 덩그렇게 떠오른다 밭 귀퉁이에 마른 쪽파, 꽃대 올라온 무 몇 개, 어머니 머리처럼 희끗하다 언덕배기 휘어진 밭고랑, 허리가 휘청인다 감나무 잎사귀, 가시 뾰족한 엄나무 가지가 흔들린다 맷돌호박이 펑퍼짐하게 자리 펴고 참선에 든다 모락모락 김 올라오는 여름, 마늘밭이 논이 되는 밭, 달빛 내려오는 밤, 논고동은 미동이 없다 나락 베고 부리나케 들어선 마늘, 말총머리 바짝 세워 추위에 벌벌 떤다 불빛 따라 떠난 고깃배들, 달그락거리는 숟가락 소리에 잠꼬대 깊어진다 보랏빛 피멍든 시금치가 빨간 등을 켜고 목을 끌어당긴다 놀라 발버둥치는 시금치, 붉은 달빛에 흘러 다닌다 까마귀들 헛발짓하다 나동그라지는 후박나무 잎사귀, 휑하니 떨어지고 얼어붙은 어머니, 구름 한 조각 빨갛게 물든다

탈주의 시: 현실을 초월하는 전율의 미학

김지윤
(시인, 문학평론가)

1. 예술과 반현실

색은 건반이고, 눈은 공이이며, 영혼은 현이 있는 피아노다. 예술가는 영혼의 울림을 만들어 내기 위해 건반 하나하나를 누르는 손이다.* 칸딘스키는 『영성의 예술』(1912)에서 그렇게 말했다. 예술은 단순한 표현을 넘어 영혼과 세계를 연결하는 영적 체험을 준다는 것이다. '공이'는 튜닝포크를 두드리는

* 바실리 칸딘스키, 손동호 역, 『영성의 예술』, HUINE, 2022.

망치를 의미한다. 영혼이 피아노라면, 세상을 바라보는 예술가의 시선은 그것을 조율하고 소리로 만드는 역할을 한다. 붓이 캔버스를 스치고, 악기가 공기를 진동시키며, 백지 위에 시어들이 행과 연이 되어 놓일 때, 예술가는 보이지 않는 차원과 대화를 나누며 "영혼의 울림을 만들어 내"는 일에 골몰한다.

에세이와 시를 통해 삶과 예술의 본질과 의미를 탐구해 온 김도우 시인은 수필 「문양紋樣을 따라」에서 "예술은 단순히 아름다움만을 추구하는 것이 아니라 내밀한 미적 깊이에 더 큰 의미를 부여하는" 것이라는 생각을 보여준 바 있다. 숨어 있는 "미적 깊이"는 쉽게 수심을 잴 수 없는 깊은 물과 같다. 표면 아래에 감춰진 무한한 세계를 품고 있기 때문이다. 예술 작품의 진정한 아름다움은 종종 우리의 인식을 넘어 보이지 않는 곳에 자리 잡는다. 일상적인 감각의 경계를 넘어, 깊은 심연에서부터 전해오는 무게와 진동을 우리의 내면으로 전이시킨다.

아도르노는 『미학이론』(1970)에서 고정되지 않고 계속 변화하는 예술의 자율성을 강조하며 개인을 보편에 귀속시키려 하는 사회와 일정한 거리를 두어야 한다고 했다. 아도르노의 논의는 전체주의를 낳은 도구적 이성에 지배되는 사회를 비판했던 것이지만, 지금 우리 사회는 또 다른 방식으로 '동일성의 폭력'을 양산한다. 너무 많은 정보와 데이터를 디지털 화면에 띄워 제공하며 신비와 경이를 사라지게 하고, 대중에게 획일

적인 욕망을 심어주며 이를 실현하기 위해 자발적으로 스스로를 착취하게 한다. 소비사회에서 광고와 미디어가 실어 나르는 욕망은 삶의 방식과 정신을 비슷비슷한 것으로 만든다. 개별 주체들은 차이성을 상실하고 고유성을 잃은 타자들은 대체 가능한 것으로 전락하고 만다.

파울 첼란이 뷔히너 상 수상문 「자오선」(1960)에서 예술이 "인간적인 것으로부터의 이탈을, 인간적인 것을 쳐다보는 섬뜩한 영역으로의 진입"을 낳는다고 했듯 예술은 낯설고 이해의 영역을 벗어나는 경험을 우리에게 선사하여 매끄럽고 균질적인 생각과 감정을 깨뜨리고, 서로 다른 모양으로 깨어진 울퉁불퉁한 파편이 되게 한다.

이번 시집에서 김도우 시인이 사용하는 언어와 이미지들은 종종 낯설고 그로테스크하다. "어둠 속에서 마주친 칠성무당벌레/ 응고된 선혈처럼 검붉었다"(「벌레의 반전」), "하늘에서 갑각류 벌레 같은 비가 내렸다"(「비단벌레」)라는 구절에서 볼 수 있듯 시집에 자주 등장하는 벌레라든지, "다음 세상을 향해 굳건히 자리 잡은 내 몸속 미라들"(「고사목」), "급류에서 건져낸 나의 사체였는지"(「익사체는 번역되지 않는 자세」) 등에 나오는 시체의 이미지는 기이하고 섬뜩한 느낌을 준다. "타임루프"와 같은 환상적 상상, "허물어진 벽 사이에서 옛사람들이 걸어나"(「환청」)오고, "납골당을 걸어 나온 사람들의 그림자에 시선이 겹쳐"(「鬼家」)지는 모습 등은 시간의 개념을 뒤틀고 죽음과 삶의 경계를 무화시키려 한다.

김도우 시에 자주 등장하는 반현실反現實은 인간 심리에 잠재하는 무의식의 원형을 드러내는 데도 사용된다. 이를 잘 보여주는 시 「벌레의 반전」은 어둠과 벌레를 사용하여 인간의 내면세계를 탐구했다. 융의 심리원형 이론에 따르면, 인간의 무의식 속에는 특정한 원형적 이미지와 구조가 존재하며, 이들은 우리의 심리적 경험에 깊은 영향을 미친다.

벌레는 어둠 속에서 발을 헛디디며 새로운 집을 찾아다니는 존재로, 인간의 내면적 혼란과 불안을 상징한다. "밤바람은 온몸을 난도질했고 그럴수록/ 어둠 속을 더 깊이 파고들었다"는 표현처럼 벌레는 어둠 속을 깊이 파고들기를 스스로 선택한 존재다. 어둠은 존재의 불확실성과 고립을 의미하며, 벌레는 그 속에서 방향을 잃고 헤매는 인간의 심리를 반영한다.

어둠은 융의 이론에서 '그림자' 원형을 상징한다. 그림자는 우리가 의식적으로 받아들이기 힘든 내면의 어두운 면을 의미하는데, 벌레는 이 그림자가 구체화된 형태로, 인간이 직면한 무의식적 두려움과 갈등을 나타낸다.

> 밤에 피는 꽃들은 화살촉 향기를 뿜었다
> 저물녘이 화살에 맞아 휘청일 때 노을을 떠올렸다
> 줄기를 따라가면 터널 같은 어둠이 엉켜 있었다
>
> —「벌레의 반전」 부분

이 시에서 '화살촉'도 인간이 의식적으로 억압하여 내면의 어둠 속에 숨겨놓은 원초적인 동물적 욕망에 기여하는 원형을 상징하고 있다. '밤에 피는 꽃'은 이러한 욕망이 어떻게 표현되고 인간이 심리적 갈등을 겪는지를 조명한다. 꽃이 밤에 핀다는 것으로 보아 인간의 내면 깊은 곳의 욕망과 꿈을 의미하는 것으로 보인다. 저물녘의 노을은 삶의 끝자락이나 마지막 순간을 떠올리게 하며, 존재의 유한성과 불확실성을 상징하고 죽음이 다가올 것을 예감하게 한다. "죽음은 자의에서 이루어지는 것이 아니라/ 누군가의 조력에서 비롯되었다"는 구절은 존재의 종말이 단순히 개인적인 것이 아니라 외부의 영향에 의존하는 것임을 시사한다. 죽음이 외부에서 오고 한정이 있는 필멸의 삶을 살아야 한다는 것은 인간 존재의 본원적인 비극이다. 사람들이 각기 다른 별 모자를 쓰고 밤길을 걷는 장면에서 별 모자는 개별적 자아의 표현으로 볼 수 있다. 각자 다른 별 모자를 쓴 사람들은 다양한 자아의 양상을 나타내며, 개인의 독특한 경험과 자아 정체성을 가지고 있고 결국 각기 다른 죽음을 맞이할 것이다. 별 모자는 결국 모든 인간 존재의 상대성과 고독을 강조한다. "드러낼 수 없는 모종의 혐의"는 인간이 내면에 감추고 있는 죄책감이나 부끄러움을 의미할 수 있다. 그러나 벌레가 빈집에 매달려 새로운 존재가 되는 모습을 통해 이 시는 창조적 가능성을 제시한다. 융은 집단 무의식 속 원형 중 가장 위험하지만 가장 역동적인 것이 바로 '그림자'

라고 보았다. 창조성의 원천이며, 삶이 풍부하고 다채롭게 하는 것은 바로 그림자에 있다는 것이다.

"사람의 모습이 되는 순간/ 어느 시점에서 하늘을 흔들다가 / 처음으로 본 햇살에 놀라 다리를 웅크린다"는 표현에서 보듯 새로운 존재가 될 수 있는 힘을 어둠과 그림자에서 얻을 수 있는 것이다. "구름을 뚫어 어둠을 지우려"고 하는 시도는 사실상 불가능한데, 인간에게는 그림자의 영역이 필요하기 때문이다. 벌레가 거주했던 시간들을 어둡게 보고 있는 것은 자신의 존재와 과거를 이해하려는 시도가 결코 완전하게 이루어지지 않음을 상징한다. 그러나 내면의 어둠을 완전히 이해하는 일도, 그림자를 빛으로 뒤덮어 사라지게 하는 일도 결코 성공할 수 없는 일이다. 구름과 어둠은 무의식 속의 미지의 영역을 의미한다. 그 안에는 복잡하고 알 수 없는 충동과 혼란이 깃들어 있다. 그러나 그 깊은 어둠이 숨기고 있는 내적 깊이가 우리에게는 필요하다. 심층심리학에서 보여주는 사실은 결코 빛이 어둠을 몰아낼 수 없고, 그렇게 해서도 안 된다는 것이다. 빛으로 어둠을 몰살시키려 해도, 빛을 밝힐수록 어둠은 그 뒤에서 다시 늘어난다.

2. 탈영토화

「하늘로 난 창」은 제목 자체가 탈주에의 동경과 가능성을 시사한다. 하늘과 바다, 그리고 그 사이의 경계를 펼쳐 보여주는 이 시는 저물어가는 바다와 건너편 하늘에서 터지는 불꽃놀이를 묘사하며 시작한다. 하늘과 바다의 경계는 현실과 상상의 경계를 나타내며, 인간이 자아를 탐구하고 새로운 세계를 상상하는 지점을 상징한다. 불꽃놀이는 일시적인 아름다움과 그로 인한 그림자의 사라짐을 통해 삶과 죽음, 존재와 소멸의 순환을 상징적으로 표현한다. 또한, "불빛이 파도에 부딪힐 때마다 죽은 사람을 생각했어요"라는 구절은 스러지는 빛과 물결치며 부서지는 파도를 통해 유한한 존재에 대한 연민과 애도를 동시에 보여준다.

"시간은 사람들을 바라보며 침묵하더니 흔적 없이 흩어지고"라는 구절은 시간의 무심한 흐름과 그로 인해 사라지는 존재의 흔적들을 나타낸다. 시간이 인물들을 조용히 지나쳐간다는 묘사는 인간의 삶이 가지는 일시성과 무상함을 강조한다. "내가 사라진 사진 속에서 웃고 있는 사람들은/ 여전히 바다를 보고 있습니다"라는 구절에서 사진 속의 인물들은 바다, 즉 끊임없이 변화하며 순환하고 재생되는 자연과 대비된다. 시의 끝에 놓인 "어둠은 눈물 없이 그림자를 드리우고/ 바다가 보이지 않는 날은 일찍 문을 닫았어요"라는 구절은 어둠과 빛, 보이는 것과 보이지 않는 것 사이의 경계와 그것을 넘어가고 싶은 시인의 마음을 드러낸다.

들뢰즈와 가따리의 용어인 '탈영토화'는 『안티 오이디푸스』

(1972)와 『천 개의 고원』(1980)에 나오는 용어이며 기존의 규칙, 규범, 또는 구조에서 벗어나 새로운 가능성을 찾는 과정이다. 탈영토화는 항상 재영토화를 수반하는데, 이는 어떤 것이 기존의 자리에서 벗어나 새로운 자리나 체계에 속하게 되는 과정을 의미한다. 탈영토화는 고정된 경계와 구조를 해체하고, 자유로운 이동과 변화를 통해 새로운 가능성과 잠재력을 탐색한다. 김도우의 시는 고정된 영역이나 경계로부터 벗어나 새로운 가능성을 찾기 위한 여정을 보여준다. 이는 탈영토화를 시도하는 초월적 상상력이라고 할 수 있다.

시인이 추구하는 현실에의 탈주는 자연, 물질적 상상력으로 드러나기도 한다. 김도우 시인에게 현실을 벗어나 새로운 지평을 탐색하는 상상력은 주로 바다와 관련해서 드러난다. 바다는 끝없이 펼쳐진 수평선으로 우리의 시선을 초월한다. 파도는 자신의 경계를 넘나들며, 언제나 새로운 공간을 만들어낸다. 자유롭게 자신의 길을 찾아가는 바다는 마치 거대한 탈영토화의 장과 같다. 파도가 칠 때, 그 파도는 이전의 것과는 늘 다르다. 바다의 모습도 상황에 따라 매 순간 변화한다. 한계를 정하지 않고 끊임없이 자기 자신을 재창조하는 바다는 들뢰즈가 말하는 '차이의 철학'을 실천하는 예술가의 모습과 같다.

「오월은 커다란 울음소리를 가졌다」에서 "바다는 밤마다 울음소리를 내며/ 파도의 목을 움켜잡"는다고 표현했듯 김도우 시 속에 나타난 바다는 인간 내면의 지극한 혼란과 위험한 충동을 상징하는데, 이는 가능성의 총체이기도 하다.

김도우 시에서 '물'과 '눈물'은 자주 등장하는데 물은 변화와 감정의 흐름을 상징하며, 여러 시에서 눈물과 관련된 이미지로 사용되기도 한다. 이는 내면의 상태와 외부 세계 사이의 연결을 상징적으로 표현한다.

바슐라르의 이론에 따르면, 물, 특히 바다는 상상력과 감정의 깊은 원천으로서 문학적 상징성을 지니며 인간의 내면세계를 탐구하는 중요한 매개체다. 바슐라르는 물이 인간의 감각과 상상에 미치는 영향을 강조하며, 물속에서의 경험이 심리적, 철학적 상상력을 자극한다고 보았다. 바슐라르의 이론에 따르면, 바다는 단순히 물리적 공간에 그치지 않고, 그 자체로 감정과 상상, 그리고 심리적 경계를 초월하는 상징적 의미를 지닌다. 바다는 사람들의 무의식에 깊숙이 침투해 있으며, 그 안에는 탐험되지 않은 감정의 심연과 상상력의 무한한 가능성이 숨겨져 있다. 또한 인간의 감정과 상상력의 상징적 교차점이다. 바슐라르는 바다가 감정의 깊이, 무의식의 원초적 충동을 드러내고 꿈의 형상을 떠오르게 한다고 했다.

노인은 바다의 형상을 하고 있다
쿨럭거리며 부서지면서 주저앉기도 한다

숨이 멎어버린 바다는 어딘가에서 떠내려온
부유물을 안고 사라진다

늦은 밤, 파도에 걸려 넘어지는
자그락거리는 자갈 소리

배들이 선착장에 모여들면
밤벌레들, 불꽃놀이를 하고 있다

수리 갈매기들 날아들고
우럭 조개와 가리비들이 거품 물고
선착장에 뒹굴며
저들만의 이야기를 풀어 놓는다

밤마다 꿈을 꾸는 바다는 노인의 얼굴을 만든다
파도 무늬가 얼굴에 새겨지고
얼굴마다 주름 골이 팬다

거칠었던 파도를 껴안고
짠맛을 뱉어낸다

노인들은 부드러운 미소를 가졌다

—「밤바다 랩소디」 전문

김도우 시인에게 바다는 단순한 자연적 요소 이상의 상징적 의미를 지니며, 인간의 상상력과 감정 세계를 깊이 탐구하는 매개체로 작용한다. 바슐라르는 바다를 무의식과 상상의 원천으로 보고, 그 깊이와 변화무쌍한 형태가 인간의 심리적 상태와 상상력의 상징이라고 설명했다. 시의 시작 부분에서 노인은 "바다의 형상"을 한 존재로 제시된다. "쿨럭거리며 부서지면서 주저앉기도 한다"고 묘사되는 노인은 바다라는 상징을 통해 형상화된다. 바다는 인간의 감정과 심리적 상태를 상징하는 공간이다. 노인은 바다의 형상을 통해 자신의 인생의 궤적과 감정을 드러내는데, 그가 삶의 끝자락에서 느끼는 감정의 깊이를 바다의 상징적 이미지와 연결 짓기 때문이다. 바다의 무늬가 노인의 얼굴에 새겨지는 모습은 인간의 경험과 기억이 자연의 형태를 통해 표현되는 방식이다.

"숨이 멎어버린 바다는 어딘가에서 떠내려온/ 부유물을 안고 사라진다"는 표현에서 바다는 더 이상 생동감 있는 존재가 아니라, 멈춘 상태를 보여준다. 바다의 정적과 그 안에서 떠다니는 부유물은 인간의 무의식과 감정의 잔재, 혹은 기억이나 상상의 파편들을 상징한다. 고요한 정적 상태는 내면의 고독과 성찰을 표현한다.

"늦은 밤, 파도에 걸려 넘어지는/ 자그락거리는 자갈 소리"

라는 표현에서 자갈 소리가 바다의 역동성과 감정의 세밀한 변화를 상징하듯, 바다는 인간의 내면 심리와 감정을 드러내는 상징적 공간으로 작용한다. "배들이 선착장에 모여들면/ 밤벌레들, 불꽃놀이를 하고 있다"는 구절에 주목해 보자. 항해를 마치고 선착장에 모여드는 배들은 새로운 시작이나 변화를 맞이하는 순간을 나타내고, 배들이 모여드는 선착장은 다양한 존재들이 만나고 감정이 교차하는 장소다. 밤벌레, 특히 반딧불이 같은 생물들은 밤에 활동하며 빛을 발하는 특성 때문에 꿈과 상상력, 신비로움을 상징한다. 불꽃놀이는 밤하늘을 밝히며, 시각적이고 감각적인 축제의 상징이다. 극적인 순간, 감정의 해방, 또는 상상력의 분출로 볼 수 있다. 인간의 상상력과 탐험의 상징인 배가 모여든 곳에서, 밤벌레들이 불꽃놀이를 하는 모습은 환상적이고 극적이다. "밤마다 꿈을 꾸는 바다는 노인의 얼굴을 만든다/ 파도 무늬가 얼굴에 새겨지고/ 얼굴마다 주름 골이 팬다"는 구절에서 바다는 꿈의 상징이며, 바슐라르의 말처럼 상상력의 심연으로서 작용한다. 바다의 파도 무늬가 노인의 얼굴에 새겨지는 모습은 내밀한 감정과 경험의 흔적이 자연의 형태를 통해 시각적으로 드러나는 방식이다. 바다는 이처럼 인간의 감정적 흐름과 상상력의 움직임에 대한 시각적 상징으로서 기능한다. 내면의 갈등과 이를 가라앉히는 고요한 평화, 그리고 상상력의 자유를 상징하는 바다의 무늬를 새긴 노인의 미소는 부드럽다.

「청새치」에서 "곶날이 삐딱해진 어느 날,/ 사라진 까마귀처럼 바다를 날았지요"라는 구절에서 삐딱해진 곶날은 불안정하거나 예기치 않은 상황, 감정의 비틀림을 나타내는 것으로 읽힌다. "산티아고 영감님은 날마다 북을 치며 바다처럼 울었지요"에서 '산티아고'는 헤밍웨이 소설 『노인과 바다』의 주인공 이름이며 시에서 등장하는 '산티아고 영감님'은 이 소설 속 노인을 연상시킨다. 『노인과 바다』에서 굴하지 않는 인간의 정신, 한계를 넘어서는 의지를 보여주는 산티아고는 인간 존재의 미약함과 근원적인 강인함을 동시에 드러낸다. "한 방울 물기조차 남지 않은 바다"라니. 완전한 고요와 공허만이 남았고 "살아 있는 것과 죽어 있는 것이 뒤섞"이게 되었다. 생명과 죽음의 경계가 모호해지는 상태에서 갑자기 바다는 고요해지고 "갈매기 소리는 더 이상 들리지 않"게 된다. 생의 의미를 상실한 "지루한 유영" 속에서 바람은 사라진다. 그러나 바람이 불어오지 않는데도 "어느 나라 수심인지 알 수 없는 바다"에서 "럼주처럼 채워지는 파도 소리가 오랫동안 들려왔"다고 시인은 쓰고 있다. 시적 화자는 여전히 바다의 소리를 듣는다. 산티아고는 포기하지 않는 인간의 모습이다. 생의 목표는 단순히 생존을 넘은 자기 초월을 향한 여정이라고 말하며, 인간이 어떻게 내적 가능성을 실현할 수 있는지 알기 위해 저 광활한 바다를 바라보며 파도의 소리를 들어보라 한다.

3. 캔버스

시인에게 세계는 상상의 장을 열어주는 무의식의 거대한 캔버스다. 시인은 그 안에서 꿈을 꾸고 내면의 진실을 발견하려 한다. 그에게는 무한한 물감이 있고, 우리는 시인이 표현하려 한 색깔에 가까워지려 미세한 색의 차이를 세심하게 조율하며, 그 세계를 경험하게 된다.

김도우 시에는 강렬한 시각적 이미지가 있다. 시들은 시각적으로 매우 강렬하며, 독자에게 뚜렷한 이미지를 제공한다. 「하늘로 난 창」에서의 "불꽃 터지는" 장면이나 「수정안과」에서의 "눈과 코 사이에 매설된 좁은 길들" 같은 구체적인 묘사로 눈앞에 그리듯 이미지를 보여준다.

색채는 시각적 이미지를 생성하고, 감정적 분위기를 조성하며, 상징적 의미를 전달하는 데 기여한다. 김도우 시인은 색채의 활용이 다채롭다. 「블루문」에서는 파란색과 검정색이 중요한 역할을 하여 감정의 깊이와 복잡성을 전달한다. "파랗게 세모난 달"이라는 표현은 시 전체의 분위기와 감정을 단적으로 드러내는 핵심적인 부분이다. "파랗게 세모난 달"은 기존의 둥근 달이 아니라 세모난 형태로 변형되어 나타나며, 이는 비정상적이고 불안정한 상태를 암시한다. 파란색이 주는 슬픔이나 우수의 느낌은 시에서의 감정적 공명을 증폭시키며, 시적 화자의 고통을 더욱 생생하게 전해준다. "한 번으로 끝나는 사랑은 사랑이 아니라서// 별이 빛나는 건 몇 번의 이별을 거듭한 뒤라서"라는 구절과 결합될 때, 파란 달은 반복되는 사랑과 이별, 그로 인한 감정의 낙차를 상징하게 된다.

김도우 시는 상반되는 이미지와 감정의 충돌을 통해 내면의 심층적인 진실에 접근하곤 한다. 「익사체는 번역되지 않는 자세」에서 "익사체는 번역되지 않는 자세입니다"라는 구절은 심오하게 느껴진다. 헤겔은 진리가 종종 그 자체로 직관적으로 파악되거나 해석될 수 없으며, 대신 그것을 해석하고 이해하려는 과정에서만 발전할 수 있다고 하였다. 시에서의 '익사체'는 그 자체로 완전히 이해될 수 없는 복잡하고 불확실한 인간 삶의 경험을 상징한다. 어쩌면 삶이 불가해하고 비논리적인 것이기에 시도 비합리적이며 이해의 지평 너머에 있는 것이 아닐까. 시는 남김없이 말하지 않으며 늘 검고 텅 빈 구멍들을 남겨놓은 채로 우리에게 도달된다.

「빈속」에서 우리는 비어 있음에 대한 시인의 독특한 태도를 엿보게 된다. 공허감과 혼돈, 그리고 자신을 찾기 위한 절실함이 각 구절마다 효과적으로 전달된다. "배 속은 빈 통이다"라는 첫 구절은 물리적인 공허함을 넘어 정신적, 감정적 공허함을 상징한다. "손가락을 집어넣으면 갈 곳을 잃은 입속의 것들이// 허방을 구를 것이다"라는 표현은 공허함을 물리적 감각으로 확장시키며, "하늘을 떠돌아야 할 온기는 아래에 있고// 땅에 있어야 할 온기는 위에 있다"고 표현되는 상황에서 내면의 혼란이 어떻게 "날개를 단 듯 빙글빙글 돌아가는// 허공과 허공 사이에 긴 레일"을 놓는지를 보여준다. "누군가 기차를 타고 달려오겠지"라고 시인은 쓴다. "눈감고 뛰어넘어야 새 길이 보인다"는 말은 새로운 발견과 자기 이해가 종종 위험을 초래하고 불확실한 도약을 요구함을 시사한다. "로프가 걸린 하늘에 달처럼 목을 건다"는 마지막 구절은 새로운 존재로 다시 태어나기 위한 시적 모색에 대한 비유다.

김도우 시인의 상상력은 빈 캔버스에 흩뿌려지는 물감 방울들 같다. 흘러서 어디로 갈지 모르고, 섞여서 새로운 조합이 되며 전형적인 상상의 방식을 탈피한다.

새들이 구름 아래 모여 있다
하얀 구름은 꽃처럼 부풀어 올랐고
새는 바람을 일으키는 높이를 가졌다

…(중략)…

소원을 싣고 먼 우주로 달려가는 길목에
내장을 드러낸 나무가 줄줄이 서 있다

햇빛을 받은 잎들은 종일 후줄근했고
숨을 쉬지 못했던 나무는 빛의 속도로

새잎을 달기 시작했다

—「새들은 언제 깃털을 터나」 부분

「새들은 언제 깃털을 터나」는 현실과 초현실적 요소가 혼합된 이미지와 상징을 사용하여 인간 존재의 미묘한 조건과 우리가 사는 세계의 불가해성을 탐구한다. "내장을 드러낸 나무가 줄줄이 서 있"다가 "빛의 속도로/ 새잎을 달기 시작"했다는 것처럼, 김도우 시는 종종 목숨이 있는 존재들의 취약성과 회복력을 동시에 보여준다. 많은 한계와 금기가 작동하는 인간 세상과 달리, 자연은 끊임없이 경계를 넘어 새로워질 수 있는 가능성의 총체와 같다. 많은 시편들 속에서 재생의 이미지가 감각적인 표현으로 화려하게 펼쳐지는데, 구름이 "꽃처럼 부풀어 올랐고" 새가 "바람을 일으키는 높이를 가졌다"는 표현은 모두 창조적 가능성을 암시한다.

"37초 만에 날아오른 101빌딩이 구름처럼 떠 있다"는 부분에서는 인간이 만든 구조물이 자연의 일부처럼 묘사되고, 이것이 구름과 비교되며 인간의 창조물이 자연 속에서 부조화한 조화를 이루는 모습을 보여준다. 새들은 "어느 한쪽으로만 기울어지지 않는다"는 구절에서처럼 자연 법칙에 따라 자유롭게 움직이며, 인간 사회의 제약에서 벗어나 있는 존재들이다.

새들은 언제나 허공이 있어야 날고, 캔버스는 비어 있어야 붓이 지나갈 수 있다. 모든 삶의 잠재된 가능성들이 빈 곳에서 출발하여 실현된다. 헤겔은 실체의 부재가 개념의 발전과 변화를 이끌어내는 동력이라고 보았으며, 하이데거는 '무(Nothing)'를 통해 존재에 대한 더 깊은 통찰을 추구했다. 비어 있음은 채워질 수 있다는 의미를 내포하는 것이기 때문이다. 노자는 공空의 가치를 말하며, 항아리의 유용함이 그 내부의 비어 있는 공간에서 비롯된다고 설명하기도 했다.

물론 비어 있음은 막막함과 불안을 가져오기도 한다. 공허한 공간이나 상태는 자연스럽게 인간을 두렵게 한다. 인간들은 불확실함을 두려워한다. 비어 있는 상태는 막막하고 방향을 잃은 것처럼 느껴질 수도 있다.

「꽃들의 정거장은 공중에 있다」의 첫 구절은 "꽃이 허공에 나뒹군다"로 시작된다. 시인은 '꽃잎이 공중에서 울부짖는 소리'까지 들을 수 있는 예민한 마음의 귀를 가졌다. 허공의 텅 빔은 분리와 소통의 결여를 드러낸다. 허공에 떠도는 꽃은 나뭇가지를 잃어버린 상태다. 자신이 속해 있던 곳에서 분리되어 허공에 나뒹구는 꽃의 모습은 비극적이다. "이별도 없는 정거장에서/ 바뀐 계절을 말하지 않았는데"라는 구절은 경험의 연속성과 의미 있는 상호작용이 결여된 존재의 고립감을 보여준다. 그러나 역시 허공에 있기 때문에 "꽃은 어느 날, 그림을 그리고/ 어느 날은 바람으로 나타났다"고 표현되는 창조적 가능성을 가질 수 있다. 꽃이 그림이 되기도 하고 바람이 되기도 한다는 표현은 형태와 상태의 유동적 변화를 통해 끊임없이 새로움을 탐구하는 자연의 능력을 상징하며 이는 예술적 창조 과정과 유사하다.

표현할 수 없는 것을 표현하려는 욕구는 때로 시인을 고뇌하게 한다. 「재갈」에서는 입과 언어를 통한 소통의 어려움을 통증과 연결해 표현한다. "총성이 난무하는 하마스 사태가/ 혀끝을 치고 비장에서 식도까지 바퀴처럼 매달린다"(「재갈」)는 표현을 통해 이 시는 내적 고통과 외부 세계의 혼란 사이의 상호작용을 드러낸다. 시는 현실의 잔혹함과 내면의 소란을 하나로 엮어, 세계의 폭력이 개인을 흔들 때 언어가 무력하다는 고통스러운 인식을 그려낸다. 「사라지는 그림」에서 "자정의 텅 빈 길을 달빛이 밟고 갑니다"라는 구절이 "우리는 아무 곳에서나 각혈처럼 쏟아졌고/ 사각거리는 발자국 소리는 그림자처럼 부서져/ 낮과 밤 어디에도 닿지 않았습니다"로 이어지는 것은 아무리 애를 써서 캔버스를 채운다 해도 그것이 사라져 버릴 수 있음에 대한 시인의 비애감 때문일 것이다.

그럼에도 시인은 멈추지 않는다. "절벽을 달리는 자전거/ 하늘을 달리는 별들"(「필사적으로 내달리기」)이 되어 현실을 넘어서는 초월적 여정의 전율을 우리에게 전하려 한다.

가시를 씹을 때, 목젖이 아프다는 것이

어떤 맛인지 알기에 어항 속에서도 시간이 필요하다

누군가 어항을 깨뜨리면 어쩔 수 없는 일
물고기는 벌써 목이 마르다
내일보다 더 먼 곳을 응시하는
물고기 눈

죽방에 멸치 떼가 갇혀 있다
바다는 깊은 곳으로 기울어져 있고
허공을 잡아 보지만
나는 날마다 깨뜨리지 못하는
문장 하나 물속에 짓는다

닿지 못할 말들처럼,
물살을 거슬러 오르는 은빛 멸치들

마른 멸치 배를 가르면
새까만 마지막 말들이 쏟아진다

—「필사적으로 내달리기」 부분

어항은 제한된 공간을 의미하며, 물고기의 헤엄은 창작의 과정을 상징한다. 예술가는 자신만의 어항 속에서 창조의 고뇌와 몸부림치는 정신을 감내하며, 외부 세계의 무관심, 표현의 한계에 맞서 투쟁한다. "가시를 씹을 때, 목젖이 아프다는 것이/ 어떤 맛인지 알기에 어항 속에서도 시간이 필요하다"는 구절처럼 시인은 창작 과정의 고통을 이해하고 인내한다. 그는 "내일보다 더 먼 곳을 응시하는/ 물고기 눈"을 가진 자이며 늘 깊은 갈증을 느끼면서 "허공을 잡아 보지만" 수없이 실패한다. 그래도 그는 "날마다 깨뜨리지 못하는/ 문장 하나 물속에 짓는다". 비록 아무리 노력해도 "닿지 않는 말"들이 있음을 알지만, 그는 "물살을 거슬러 오르는 은빛 멸치들"이 되고자 한다. 결국 "새까만 마지막 말들이 쏟아"지는 결말을 맞을지 모르지만 그는 자기만의 흐름과 방향을 가지고 나아가며 자신이 지나간 곳을 재영토화하는 끊임없이 파도치는 물결이 되고자 한다. "가는 길보다 돌아갈 길이 더 멀어/ 계속 앞으로 가기로" 하는 어떤 아름다운 결심처럼. 어쩌면 "다행히 날개를 단 무지개가/ 방파제 반대쪽에서 기다리고 있"(「벌써 나의 반은 지났어」)지 않을까. ▨

| **김도우** |

대구 출생. 2020년 『애지』로 등단했다. 2024년 부산문화재단 창작 지원금을 수혜했다.

이메일 : okmyung@hanmail.net

현대시 기획선 108
새들은 언제 깃털을 터나
초판 인쇄 · 2024년 9월 20일
초판 발행 · 2024년 9월 25일
지은이 · 김도우
펴낸이 · 이선희
펴낸곳 · 한국문연
서울 서대문구 증가로29길 12-27, 101호
출판등록 1988년 3월 3일 제3-188호
편집실 | 서울 서대문구 증가로31길 39, 202호
대표전화 302-2717 | 팩스 · 6442-6053
디지털 현대시 www.koreapoem.co.kr
이메일 koreapoem@hanmail.net

ISBN 978-89-6104-362-5 03810

값 12,000원

* 이 시집은 2024년 부산광역시, 부산문화재단 지역문화예술특성화지원사업의 지원으로 제작되었습니다.